大海在哪里

大海在哪里

那是哥伦布寻找印度的地方；
那是大船沉没的地方；
那是你可以睁眼和鱼对看的地方；
那是像月球表面的地方；
那是月亮看起来像一个蛋挂在夜空的地方；
在那里你会问自己该不该回头，
因为大海令人战栗的美丽让你不想再靠岸。

© 2000 Beltz & Gelberg
in der Verlagsgruppe Beltz • Weinheim Basel
Wo ist das Meer
by Jürg Schubiger, illustrated by Rotraut Susanne Berner
Simplified Chinese translation copyright © 2020 by Beijing Dandelion Children's Book House Co., Ltd.

版权合同登记号 图字：22-2020-073

图书在版编目（CIP）数据

大海在哪里 /（瑞士）于尔克·舒比格著；（德）罗特劳特·苏珊娜·贝尔纳绘；林雅莉译. -- 贵阳：贵州人民出版社，2020.10（2021.4 重印）

ISBN 978-7-221-15979-3

Ⅰ. ①大… Ⅱ. ①于… ②罗… ③林… Ⅲ. ①儿童故事－作品集－德国－现代 Ⅳ. ①I516.85

中国版本图书馆CIP数据核字(2020)第062948号

大海在哪里
DAHAI ZAI NALI

策划 / 蒲公英童书馆
责任编辑 / 颜小鹂　执行编辑 / 周雪莲
装帧设计 / 曾　念　蒲雪莹
责任印制 / 郑海鸥
出版发行 / 贵州出版集团　贵州人民出版社
地址 / 贵阳市观山湖区会展东路SOHO办公区A座
电话 / 010-85805785（编辑部）
印刷 / 北京博海升彩色印刷有限公司（010-60594509）
版次 / 2020年10月第1版
印次 / 2021年4月第2次印刷
开本 / 889mm×1194mm 1/16
印张 / 8.25
字数 / 70千字
定价 / 32.50元
官方微博 / weibo.com/poogoyo
微信公众号 / pugongyingkids
蒲公英检索号 / 200680100

如发现图书印装质量问题，请与印刷厂联系调换 / 版权所有，翻版必究 / 未经许可，不得转载

大海
在哪里

[瑞士] 于尔克·舒比格 著
[德] 罗特劳特·苏珊娜·贝尔纳 绘
林雅莉 译

贵州出版集团 贵州人民出版社

目　录

旅人　5

大拇指到庞贝城做什么？　13

小女孩和无聊　14

地毯　17

我们到过海边　19

鲸　28

另外一头鲸　30

海蜗牛　33

数字女孩　35

十二月　38

罗妮　40

讨厌　41

当世界还不存在的时候　43

小妞　46

悲伤的小孩　　66

苹果人　　68

没有巫婆　　71

雷斯和女巨人　　73

我不知道　　80

吉吉，更敖　　82

一头猪和一张纸　　85

酸模和母牛　　89

全有和全无　　91

熊年　　92

哞和咩　　104

有只狗，它的名字叫天空　　107

乙当和丙当　　110

太阳、月亮、人类　　118

旅　人

　　有个人每天都到田里去，田里的劳作非常粗重。有一天他觉得受够了，说得更明白点，他厌倦了这样的生活。他看着头顶上低得像天花板的灰色天空，然后他走到邻居那儿，邻居们正在一块小小的耕田上挖掘小小的马铃薯。那人心里想，别的国家一定不一样，他想象着那个不一样：耕地比这里的大，马铃薯比这里的大，还有比这里多的幸福。他决定离开这里。

　　"我走了！"他挥着手大声道别。

　　邻居们惊讶地目送着他离开，一直到他的身影消失在铁路的尽头。

　　他就这样一去不回了吗？

　　不，三年之后他又在铁路的尽头出现了。

村子里还是老样子,一点也没变,同样的耕地,同样的马铃薯,同样的幸福。

"你到哪里去了?"

旅人回答道:"我到了东方国、胡椒国、波罗的国、懒人国、美食国,还有外国。其中最大的国是外国。"

"那里的马铃薯怎么样?"

"很大。"旅人说。

"就像电视里看到的那样吗?"

旅人大笑。

"那可比电视荧幕大多了,那里的豌豆就已经大过我们这里的樱桃,樱桃大过我们的番茄,番茄大过我们的香瓜,香瓜大过我们的南瓜,南瓜大过、大过……"

"超大的南瓜?"一个隔壁的女孩问。

"超大的南瓜,是的。"旅人说,"我很想带一个回来给你们,但是——"

"但是只有巨人搬得动它。"隔壁的女孩接着说。

"我到过一个国家,那里的人有太多的东西吃,以至于视线总是被吃的东西挡住。"旅人继续说,"荷包蛋就像一面大镜子,人们可以从头照到脚,成串的香肠就像货运列车。"

"你身上可没有因此多长些肉。"一个邻居说。

事实上,旅人瘦了。"我到过一个国家,那里没有吃的,真的什么也没有,只有空盘子。"旅人说。

"连马铃薯也没有?"一个邻居问。

"没有。"

"是没有还是很小?"

"真的什么也没有。没有菜头,没有青菜,没有白菜,没有甘蓝菜,没有牛,没有猪,没有鸡,没有雪鸡,没有雪,没有雪人,没有男人。"

"女人呢?"

"有女人,"旅人说,"除了女人什么也没有。"

"我到过一个国家,那里只有小孩、猫,还有兔子。他们靠啃草、啃菜头为生。

"我到过一个国家,那里的小孩全被驱逐出境了,因为小孩在那里被视为祸害。

"我到过一个国家,那里只有石头,有些石头会说话,有些石头还会听人讲话。它们会点头或是摇头,那些石头说的话全是废话,那些藏着没说出口的,我猜也是一堆废话。

"我到过一个国家,它在遥远的海边。另外有一个国家,它只有柜子那么大。另外一个更远的国家,它在水底,在海的深处。

"我到过一个国家,那里的空气像我们这里的水,人们漂游其中。那里的水则像我们这里的泥土,鱼儿必须用鳍挖通道才能前进。"

"那他们靠吃什么过日子呢?"一个女人问。

"那里的空气就像汤,而且那儿所有的东西都很有营养,就连爱情、友谊,还有悲伤也很有营养。

"我遇到过一群人,他们什么也不需要,他们总是坐在那儿等待。"

"等待什么?"

"这个我也不知道,我猜一定是庞大的东西,很长、很宽、很高,而且有很重的味道。

"我遇到过一群人,他们靠吃苹果过日子,红色的苹果、绿色的苹果,还有黄色的苹果。

"我遇到过一群人,他们没有脚但是有鞋子,没有屁股但是有裤子,没有头但是有帽子,没有手指但是有手套。另外还有一群人,他们在胸前挂了一个皮制的袋子,里面装着他们的灵魂。

"我遇到过一群人,他们说四种不同的语言:女人的语言、男人的语言、狗的语言,还有小孩在学校里学的语言。

"我遇到过一群人,他们不说话,但是他们的心跳声音很大,在几十千米之外就可以听得到。

"我遇到过一群人,他们说英语。

"我遇到过一群人,他们造大船准备去美洲,他们不知道美洲早已经被发现了。

"我遇到过一群人,他们住在高高的柱子上,当初他们的祖先就是为了躲避狼群才躲到柱子上的。"

旅人这时候停下来喘了一口气。

"鸡蛋吗?"他听到有人问。

"是的,就像一般的鸡蛋。"他回答,"但是偶尔也会有一个像复活节彩蛋。"

"我遇到过一群人,他们不知道他们从哪里来又要到哪里去,甚至不知道自己的名字,他们的身体透明,在夜里还会微微发光。

"我遇到过一群人,他们害怕在山里遇到巨人;还有另外一群人,害怕在山里遇不到巨人。

"我遇到过一群人,他们可以读别人的心思,就好像看了那人的日记一样。他们可以把坏的想法消掉,把好的想法变得更好。

"我遇到过一群人,他们有两个影子:一个逆

光,一个向光。

"我遇到过中国人、伊拉克人、巴厘岛人,还有巴塞尔人。

"我遇到过一群人,他们整天闻着玫瑰花,要是有人不小心打扰到他们,他们几乎会被吓死。"

旅人看看周围,笑了笑:"我遇到过一群人,他们在小小的土地上挖小小的马铃薯。"

"你为什么要回来?"邻居女孩问。

"因为我想告诉你们我到过的地方、见过的事物。"

"说完了,你又会离开吗?"

"我永远也说不完,"旅人回答,"而且这里的马铃薯沙拉比任何地方的都好吃。"其实是他心里喜欢上了邻居女孩,说得更明白点,是很喜欢,这话他没有说出口,但是旁边的人可以察觉到。

如果有一个人现在走进来,很可能就是那个旅人,你会认得出来吗?

不会。

我想,他应该有点跛,所以说如果有一个人现在走进来,脚有点跛,我会说:"嗨,旅途还愉快吗?"如果他只是简单一句带过去,那我就知道他不是那个旅人。

大拇指到庞贝城做什么?

"这是去往庞贝城的路吗?"一根从马赛拉走来的大拇指问。

"是的,一直走就到了。"

果然,大拇指沿着这条路终于到了庞贝城。它当然是花了很长的时间,毕竟它只是一根大拇指,走路对它来说是有点儿困难。

人们很惊讶一根大拇指竟然可以走路,而且心里会有个疑问:大拇指到庞贝城做什么?

小女孩和无聊

有一个小女孩她只知道乐趣,即使是雨天或星期天也不例外。于是她决定去认识无聊。

首先,她问那个经常打哈欠的书报摊老板娘。老板娘回答:"无聊刚才还在这儿的,你再等一会儿,它马上就会回来。"

小女孩乖乖地等。她在一边看着老板娘做事。每次老板娘找钱的时候,手指在抽屉上滑动的样子就好像在玩一种乐器。但是无聊没有回来。

"也许它已经和我擦肩而过了。"小女孩对自己说。她向老板娘说了谢谢,然后继续往前走。

她一边走一边想……但是,如果无聊真的和我擦身而过,我怎么认得它呢?

小女孩又问一个穿着橘色工作服、正在爬梯的

工人。

"无聊长什么样子?这个我可以告诉你。"工人回答。

"第一,它很长。大概到世界的尽头。"

"那第二呢?"

那人已经又爬了几梯。

"第二,它是浅灰色的,或多或少是浅灰色的。"

"或多或少是浅灰色的。"小女孩重复那人的话。在这一天里,小女孩遇到很多或多或少是灰色的东西:一只猫、一条街、一条裤子、几面墙,但是没有一样够长。小女孩穿过一条又一条的小巷子,又穿过铁路地下通道,就是没有找到一样东西够长。她继续走着。

她越过一片又一片的田野,然后沿着一条两旁种着白杨树的大道,不停地走,连停下来喘口气的时间都没有,一直到世界最最最后的尽头。

无聊在远远的地方就已经看到小女孩走来,一直到小女孩靠近了,它才问:"嗨,你就是薇拉吧!"

薇拉站住:"你怎么知道我的名字?"

"这个我一看就知道了。"

薇拉从头到脚打量着无聊:"我没办法一眼认出你是谁。第一,你虽然很长;第二,你或多或少是浅灰色的,但是除此之外,非常的——非常的——?"

小女孩张开嘴,什么话也没说。她一直打着哈欠。

地　毯

　　有一张地毯，它一直躺在一张桌子、四把椅子下面。它要做的事不多，但是它总是尽量做得很好。它唯一的工作是：静静躺着不动。一年又一年，它始终静静地躺在那里不动。一个出太阳的早晨，它受够了。它丢下了椅子和桌子走到火车站，它要买一张火车票。

　　售票员问："您要到哪里？"

　　"到罗马。"地毯回答。

　　售票员给了它一张托运行李的票，因为比较便宜而且正好适合它。就这样，地毯坐上了行李货厢，但是货厢里的风很大，地毯感冒了。

　　到了罗马的火车站，地毯找到了一家车站对面的旅店，旅店的老板给了它一间连身子都没法伸直的储藏室。它咳了一个晚上。第二天早上,它虚弱得差点儿起不来,然后它对自己说:"我在这里躺,还不如回家躺。"

回家之前,它买了一张上面印有罗马火车站的明信片。它写道:我现在在罗马火车站,这趟旅行很便宜,但是不好玩。

它要把明信片寄给谁?

寄给桌子和椅子。它们在等它回家,它们期盼着又能四只脚站在它上面,就像在草地上吃草的牛一样。

我们到过海边

我们到过海边,那人,还有我。那里是无边无际、很咸的海水的开端。我们肩并肩站在海边。"瞧!"那人对我说。其实他根本不必说,我早就看到了。

我是那母猪,

他是那聪明的人,

大海离这边还远得很呢!

只有当你双脚踏上通向海边的长路,才会知道什么叫作远。踢踢哒哒。多美好的一天。

就这样,道路在我的脚下,朗朗晴空在我的背上,而中间那个刚好就是我。我闻到清晨的味道,那是绿色院子的味道,其中夹杂着薄荷和青苔的清新。

我经过那人的家,他正在门前做早操,挺身,弯腰,挺身,弯腰。

"对不起,请问这是去往海边的路吗?"我大声问。

"你要去那里做什么呢?"那人一边喘气一边问。

"我也不知道,我只是想,我非得去看一次海不可。"

"只为了去看一下海?"他问。

"是的,"我回答,"傍晚的时候夕阳把天地染成红色,大海因此非常非常的——"

"这个,我也听说了,我最好跟你一起去。"那人说。

踢踢踢哒哒哒。就这样,我们两个上路了。路

朝下走,太阳往上爬,天气越来越热。我在一块潮湿的草地上打滚,天气真的好热。我问那人:"你真的确定大海是在我们前面,而不是在我们后面?"

那人回答:"是的,百分之百确定。在我们后面的是山,你曾经在山里看到过海吗?"

"我从来没有看过海。"

"我也没有,但是我想,大海应该在山谷的下面,水可以汇集的地方。"

"你说的没错,这个我自己应该也想得到才对。"

路又窄又陡,我们只能一前一后走。

"瞧!"那人指着很深的峡谷说。我们继续往前走。

我们的影子越拉越长。其实该说,那人的影子越来越长,我的越来越宽。

我们躺在一棵树下,树梢上挂着月亮。到了半夜,黑色的树影开始摇晃,发出沙沙沙的声响。我们不知道我们是不是应该害怕,我有一点儿害怕,又有一点儿不怕。现在,我们的周围到处都有沙沙的声音,连我的耳朵里也沙沙作响。

就像海,我心里想。

"就像海!"那人大声喊。

第二天早晨,他一边挺身、弯腰,一边喘气。天空下着毛毛雨,我们继续上路。踢踢踢哒哒哒。迈着我的四条腿加上他的两条腿。

在下一个村子或再下一个村子的市场上,我们找到了吃的东西。

我啃着萝卜和枯黄的菜叶,他喝了一碗肉汤。为了不要听到他吸溜吸溜喝汤的怪声音,我也吧嗒吧嗒死劲儿啃我的菜叶。

"你吃东西的声音太大了。"他说。

"你也好不到哪儿去。"我说。

"那又怎样?"他回答。

我也懒得再说什么。

下雨了。那人只知道两种天气:好天气和坏天气。下雨对他来说属于坏天气。我们继续往前走,踢踢踢哒哒哒。乌云就像一大群羊一样压在我们的头顶上,谁要是放牧这么大的一群羊,一定会累死。

到了晚上,那人想找个避雨的地方,我们找到一家旅馆要了一个房间。

我在地毯上找了一块舒服的地方躺下来,那人往床上一躺,打开床灯看起报纸。最后,他终于关了灯。半夜他醒来一次,而且从我身上跨过,我听到他尿尿的声音。

我们开始不对劲儿,我的灵魂仿佛萎缩了。

第二天,我醒来,他已经不见了,没有在床上,没有在浴室里,我找不到他。我自己一个人走出旅馆,我的脚还找得到路。踢踢踢哒哒哒。在我背上的天空是灰色的。已经不再下雨了,但是空气中还是弥漫着雨和植物的味道。

现在我面前的土地平坦得就像水桶底,这里的水不会流动,只是静止在草地四周长长的沟渠里。

我问一个农妇:"对不起,请问这是去往海边的路吗?"

"到海边?"她似乎没听懂。

"是的,到海边!"我大声回答。

她不知道。站在她身边吃草的母牛抬起头看我,我向农妇道了谢,对母牛挥挥手继续往前走。

路似乎遥遥无尽,路旁的一排电线杆越来越长,树也一样。一列火车从天的那一边驶向另外一边。

前一天的晚上我梦见那人。"瞧!"那人在梦里说。后面的我就不记得了,也许根本就没有后面。在梦里我喜欢他。不在梦里我也喜欢他,这是后来我们再见面的时候我才感觉到的。但是在这之前,是长长的夜。

在黑暗中我走到一个亮灯的加油站向人问路。这里的人知道很多可以到海边的路,可以走岔路、可以抄近路,我被他们的解释搞糊涂了。我继续往前走,我的脑袋跟我的肚子一样空。我的左后腿很疼,我在路边坐下来,我竟然就这样睡着了。

当一辆公共汽车在我身旁停下来,车门打开的时候,我才发觉天亮了。一个女人挤上车,我也跟着挤上车,车上挤满了人。车子里弥漫着人和香皂的味道。

在某一站之后,那人突然出现在我身旁,他什

么话也没说,全身都是灰尘。他拉拉我的耳朵,我们都很高兴。我们一起在终点站下了车。

"现在我们需要一杯咖啡。"他说。他走在前面,越过广场。教堂的钟声正在响,那钟敲得连我的脑袋也跟着晃动。

在教堂的台阶上站着一排排来参加婚礼的人。穿着白纱的新娘指着我们大喊,她要和我合影,说这会带来好运。

她请我参加她的喜宴,那人当然也一起。我们尽情地吃喝,也顾不得吃相了。

当我们再次站在路上,那人唱起歌:

你是那母猪,

我喜欢吵闹,

大海离这还远得很呢!

天很黑,我几乎看不见他,但是我听得到他的声音,闻得到那声音的味道。我们继续往前走。

踢踢踢哒哒哒。

"你的脚怎么了?"那人问。

我们坐了下来,那人从口袋里拿出一盒药膏,替我的后腿擦上药膏,然后抬头指着天空说:"瞧!"满天的星星,有些还一闪一闪像在眨眼睛,有些靠得很近形成一个图案。那人指给我看大熊星座和小熊星座,看起来两个一点儿也不像熊。

"可能是很特别的一种熊,大概是一种稀有或已经绝种的熊。"那人说。

"那小熊看起来像猪,"我说,"一只小猪。"那人同意我的看法。

踢踢踢哒哒哒。两天之后,我们来到一个山丘。

终于,我们到了海边。就在我们面前,夕阳染红了整个海面。我们奔向海滩,我们遥望大海。那人站在我身边。

我是那母猪,

他是那聪明的人,

大海就在我们面前,

宁静,温和。

"瞧!"那人说。

天色渐渐变暗。

海水有规律地轻轻拍打。

那人和我,

我们的看法一致:

大海真的非常非常的——

怎么样?

有一点儿无聊。

鲸

从前有一头鲸。

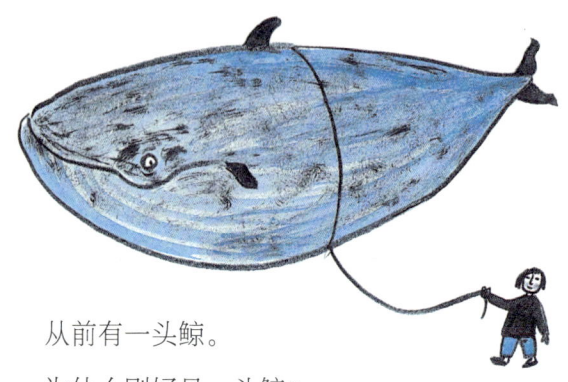

为什么刚好是一头鲸?

啊,当然也可能是一头狮子、一只狐狸、一头驴子、一匹狼,甚至很多匹狼,一整群的狼,或是一群鸟。也可能是一个男人、一个女人、一个小孩。是的,从前就是有那么一只动物。

或是好几只!

是的,但是这一次就正好是一头鲸,一头须鲸,一头老须鲸。

唯一的一头?

是的。当然还有其他的,但是这一次就这一头。

它在做什么?

它在唱歌。

我就知道：它在唱歌！

是的，它在唱歌。它在海里游泳，而且喜欢唱歌。

然后呢？

它自由自在地游泳，同时唱着歌。就是这样。——喔！它那歌声！

怎么样？

深沉优雅。

你听过？

没有。我只听过这个故事：从前有一头老须鲸，它一边游泳一边唱歌，它的歌声如此的——

怎么样？

深沉优雅。

另外一头鲸

　　另外一次,另外一头鲸,这头鲸也唱歌,但总是唱错。为了不吓到他的兄弟姐妹,他只有在一个人的时候唱歌,其他的场合他总是保持沉默,因为就连最平常的句子,譬如说"旅途平安""你好""再见",他都有困难。

　　所以说,另外那头鲸向来沉默,只是静静地游泳,所以很多其他的鱼都以为他是哑巴,甚至又聋又哑。他们对他挥鳍或者用嘴轻轻推他,为的就是想告诉他,他早就了解的事情。

　　然而在宁静的大海里有这么一只唯一的动物,她非常喜欢另外那头鲸的声音,就连最简单的句子:"旅途愉快""你好""再见",对她而言都是那么的悦耳。这只唯一的动物是一头母鲸。另外那头鲸的歌声一定可以让母鲸巨大的心热起来，因为另外那头鲸唱的正是给母鲸的情歌，但是他只在一个人的时候偷偷地唱。所以母鲸不知道他爱着她，而他也不知道她爱他——胜过大海中的一切，因为在他面前母鲸也一样沉默。他们跟着鱼群随着海潮游泳，他们随波逐流，看着海草轻梳着海浪。母鲸非常喜欢另外那头鲸的沉默。

那是非常特别的：在其中你似乎可以听到大海的宁静，而在母鲸的沉默中，另外那头鲸似乎听到大海在轻轻吟唱。他们并肩在大海里同游，摆动着短小的鳍，眨着小小的眼睛。那景象是如此美丽而哀伤，以至有时其中一头，或另外一头，或是两头同时流下了眼泪。她没有察觉他的哀愁，他也没有察觉她的忧伤，因为在海里流出来的眼泪是看不见的，而且味道尝起来和海水一样咸。

总之，那是一幅美丽的画：两只身长超过25米、体重有16头大象重的动物。他们的身体里可以容纳巨大的痛苦,还有欢乐。而这一切,就在辽阔的看不到边际的蓝蓝大海里。

海蜗牛

世界上有海鳟、海龟、海鳗、海蛇,还有海梭子鱼。美人鱼只有在童话里才有。海天使是指身上有深色斑点的鲨鱼,它们宽宽的鳍很像翅膀,但是它们是很稀有的动物。

至于海蜗牛,就很常见了。海蜗牛身上的壳比陆地蜗牛的壳还坚固,但是一样窄。这些动物挤在它们的窝里就像挤在罐头里似的,没有椅子可以坐,没有床可以躺,因此你也说不上它们究竟是坐着还

是躺着。其实也没有人会问这个问题。

蜗牛在自己的窝里不觉得孤单,而是感到安全。如果它们要和朋友见面,也只好在户外。

蜗牛不论到哪儿都得扛着它们的窝:星期五晚上的狂欢、出门度假、到报摊买份报纸……它们从来就不知道没有行李怎么过日子。

世界上有海狗、海狗皮、猎海狗的人、海鸥、海蛇、海星、海胆、海葵、海参、海盗、海马,还有海草。

数字女孩

在巴勒莫有一个女孩,她从一出生就会所有的数字,即使是很大很大的数字。才一出生她就已经开始使用数字,她给每一样东西一个数字。1是助产士,2是床,3是妈妈,4是亮光和惊奇,5是空气,6是皮肤上湿湿凉凉的感觉,7是温暖的毛巾,8是窗户外面的摩托车噪音,9是自己的哭声,10是安静,11是肚子饿,12是妈妈一边的胸脯,13是妈妈的奶和欢喜,14是妈妈的声音,15是另一边的胸脯,16是要打嗝儿之前的奇怪感觉,211至215是不同的姑姑阿姨,216是她们大声的赞美和祝福,217是想吐奶的感觉。接下来出现的是一些她已经认识的东西,9,12,14,等等。接下来的218是奶奶,而爸爸被编到的数字是321,这个

数字指的是亲切友善的爸爸，另外很凶的爸爸要到很后来才出现，这个数字可就长了。最后，小女孩睡着的时候已经到了587，指的是护士小姐的眼镜。至于睡觉，她忘了数。

这些数字就是小女孩的语言，她再也没有学其他的语言，她的爸爸妈妈知道3和321代表的是什么人，7,533,828指的是意大利比萨。他们一点也不担心，小女孩自己也不烦恼。甚至没有人在意她认不认识自己的名字。如果有人叫她的名字，她也不会回答。

所以，再也没有人叫她的名字。她到哪儿，脑袋里总是满满的数字。她最喜欢想的数字是零：最开头的数字，比助产士还前面的数字。她一直就这样保存着零这个数字没用，圆圆的，空空的。就像日夜张开着的眼睛。

如果有可能，小女孩也会替你和我编号吗？

会的，她甚至已经编好了。

我们是 688,517,621 和 688,517,622：两个陌生人。

十二月

月份们觉得很孤单,他们十二个兄弟一年到头只有其中相邻的两个兄弟会短暂碰得到面,而且是在漆黑的半夜。他们当中总是一再有人提议,他们十二个兄弟应该找个机会好好欢聚欢聚,所以他们就不断地互相写信,但是他们总是找不到一个大家都合适的日子。一个嫌夏天太热,另一个嫌冬天太冷;想要找个时间大家一起吃芦笋,通常只有三月到五月同意;要一起放风筝只有秋天的月份很高兴;所以十二个兄弟的聚会一直到现在也没能实现。

其实从前一年有十三个月份。据说有一次该轮到十三月的时候,他迟到了。汽车抛锚,感冒了,或是自己迷糊了什么的。最后,当他赶到的时候,一月已经替他补上了。

月份的名字很特别：一月、十一月、四月。但事实上月份并没有像它们的名字那样特别。如果我有一只驯服的乌鸦，我要叫它一月。二月有可能是一棵树，很高、很秃，只有在高高的、接近天的树冠上有一撮树枝。

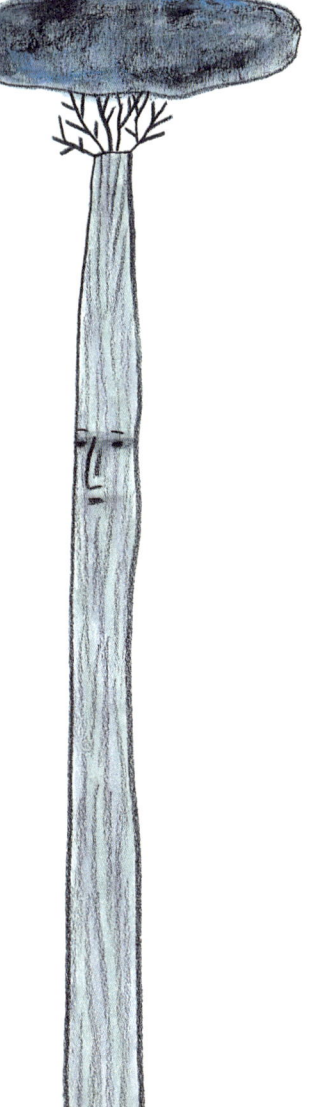

罗 妮

在汉堡有个叫罗妮的小女孩。一个下雨的午后,罗妮背着书包去上钢琴课,她一边走一边想东想西,为了想得更清楚,她停了下来。她靠在湿湿的栏杆上想:我站在这里。现在是下午。等一下我要去上钢琴课。我背着书包站在一座桥上。汉堡的上空正飘着雨。我,叫罗妮,一个喜欢东想西想的女孩。"是的,这就是我。"罗妮继续往前走,边走边对自己说。

稍后,罗妮对钢琴老师说:"一个女孩可能在下雨的时候被雨淋湿,但是她的名字永远不会被淋湿。"

讨 厌

她的弟弟正要穿衣服,他才把裤子拉上就又一屁股坐到床上。

"你又怎么了?"姐姐问。

"我讨厌穿衣服。"弟弟回答。

"你会感冒的。"姐姐说。

"我才不在乎。"弟弟回答。

"好了,别闹了。"姐姐说。

"不要烦我。"弟弟回答。

"你又在撒野了。"姐姐说。

他垂着头的那个样子就好像头快要从脖子上掉下来了。如果姐姐不一直劝他,他就什么也不做,就只会坐在床边;如果姐姐劝他,他也是什么都不做,就坐在床边。每天总有他讨厌做的事,然后他就不做,而且大概再也不做了。昨天是刷牙;前天是绑鞋带;三天前是吃奶油面包;明天也许是脱衣服,或是洗澡、看电视。

原本她想象中有弟弟的生活不是这个样子的,但是现在她知道那是什么样的生活了:紧张又好玩。

当世界还不存在的时候

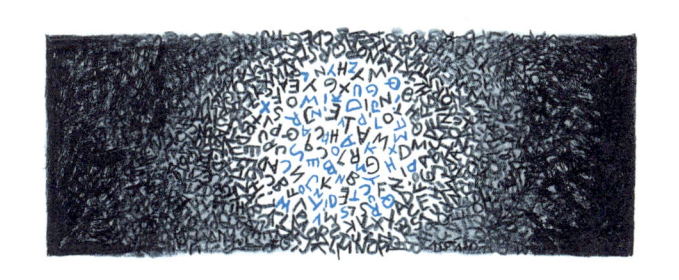

很久以前，当世界还不存在的时候，那时候到处有空地，没有篱笆，没有围墙。人们爱走到哪儿，就可以走到哪儿。其实还不能说走，因为那时候还没有地面，但是人们可以移动，飞着或飘着。人们不会老是被其他人乱丢的东西绊倒，例如，鞋子、书包，因为那时候什么都没有。而且最重要的是：当世界还不存在的时候，没有人会来吵你，没有人要求你做这做那，没有人打断你的话。那时候，就像一个没有节目的荧幕，只有嘈杂的声音和像下雨一样的线条。就是这个样子，只是那时候安静多了，没有杂音，没有条纹。

当世界还不存在的时候，人们不必戴太阳眼镜。那时候到处一片黑暗，不管白天晚上，或者应该说只有晚上和晚上。那是伸手不见五指的黑暗；那时候根本也没有手，没有眼睛，没有看的人，什么也没有，只有空，到处填满了空，一直到最最最外面的边缘，甚至超出了边缘；而且那时候，当世界还不存在的时候，根本也没有边缘。

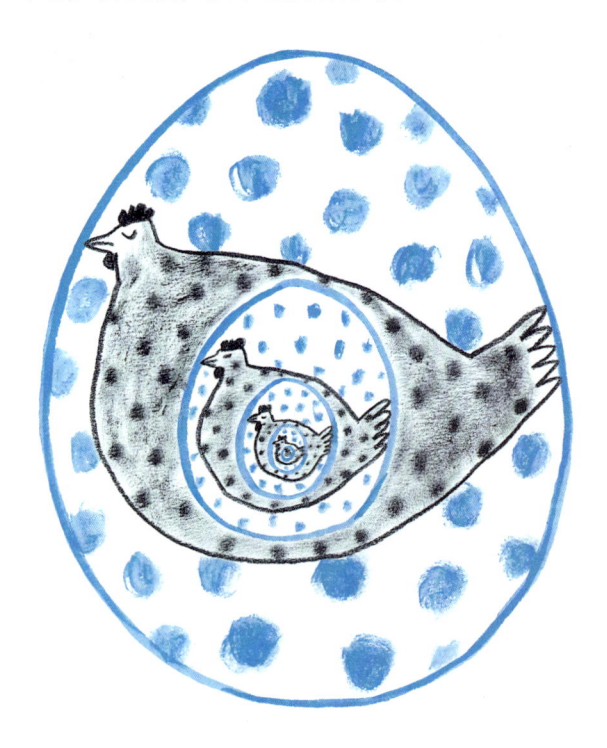

可惜人没有办法到什么都不存在的地方去，在那里人们一定会很想永远住下来。人们可能从来没

有想到过：一个世界必须从一粒种子、一粒果仁，或是一个由黑母鸡生下的黑蛋开始慢慢形成。

那一个黑色的蛋有它自己的故事。你要不要听？

不要。

那是一个非常好听的故事，是我听过的故事中最好听的故事之一。故事是从黑暗中开始的：从那个蛋的中央开始，那个蛋在母鸡的肚子里，而那只母鸡蹲在黑暗中。

我不要听。

有一天晚上——

不要！我不要听！

小　妞

我有一个金发的洋娃娃，刚开始妈妈不怎么喜欢她，因为那是爸爸送我的礼物。洋娃娃会眨眼睛，但是有一边的眼帘偶尔会卡住，这是因为一次意外造成的。她还会流眼泪、会尿尿，有一段时间她甚至还会长大。我们根本就没有想到她会长大，制造她的厂商大概也没有预料到吧。

当我把她从盒子里拿出来的时候，她说了一声："啊！"

这也是她会的事之一。她穿着一条蓝色的短裙、一件有圆点图案的上装，盒子里还有一张也可以拿来当浴缸用的小床、一张小沙发、一把梳子。我叫她"小妞"，妈妈叫她"小甜甜"。

小妞在长大，就连夜里也长。她很少尿尿，但是常常流眼泪。她在不断长大,小床、小沙发和梳子却没有跟着长,它们还是和原来一样大。原本我希望爸爸妈妈给小妞买一套网球装、网球鞋和网球拍,现在我看也不用了,她已经穿不上了。

我对小妞说:"小妞,听着,你不停地长,就像——"

小妞问:"像什么?"这时她已经学会说一点话了。

我也不知道像什么,然后我说:"莴苣。"

"啊!"她回答。

我觉得小妞没有听懂。

我想的是菜园里的莴苣,她想的也许是盘子里的莴苣,盘子里的莴苣当然不会再长大。她对我微笑。她总是面带微笑,即使是流眼泪的时候。

过不久,她已经长到比我的膝盖还高,我不知道该给她穿什么好了。

半年之后,她已经长到和我的肩膀一样高。

我给她穿上一条对我来说已经太窄的深红色绒布短裙,说清楚一

点，那条裙子其实始终都不够宽。只有在妈妈要拍家庭照，强迫我穿的时候，我才会穿。那时候爸爸还和我们在一起，所谓的家庭照就是当妈妈拿相机的时候，照片上是我和爸爸；如果是爸爸拿相机，照片上就是我和妈妈。我们从来没有三个人同时在照片上。在那条深红色的裙子后面有一条拉链，我可以不必拉上，因为在照片上也看不出来，你只会看到一个胖胖的小女生。那条裙子穿在小妞身上很好看，她穿什么都好看，只有没穿衣服的时候她光溜溜的，就像一条没有鱼鳞的鱼。

既然她已经能穿我的衣服，而且几个星期以来都睡在我的床上，那她也可以和我一起去上学。这是我的想法，我把我的想法告诉了小妞。

小妞同意了。"好吧。"她说。

就这样我们一起去上学，小妞开始学看书、学写字。

体操她实在不行，她的长手长脚非常碍事，而且用来做体操也太可惜了。

九九乘法她也不行，当她听到 $3 \times 8 = 24$ 的时候,她问:"什么东西24?"

"什么都行。"老师说,"譬如说猫。"

小妞笑了。她会流眼泪、会尿尿、会说话,还会笑。"24只猫?"她大声说,"每一只你都要喂、都要抱?"小妞再一次笑了:"我宁可要一只狗,而且只要一只。"

老师说:"这和猫、狗都没有关系。"

"那我可以问和什么有关系吗?"

"只和数字有关,猫只是用来举个例子,你也可以拿手指做例子。"

"24根手指头,我哪里来这么多手指头?"小妞看着她涂满指甲油的手指头。小妞毕竟不是小孩子,她也从不是个小孩,她是苗条的淑女。棕色的皮肤,红色的嘴唇,蓝色的眼睛,加上一个小小的鼻子。

老师大笑,小妞不笑了。

回家后,她躺在床上,就像平常的洋娃娃一样,闭着眼睛,眼泪就从她的眼帘下流出来。她的眼泪不是咸的,这个我知道,因为我尝过一次,但是那确实是她的泪水。我拿了一条手帕给她。

"你一定觉得我很奇怪。"她说，身体突然抽动了几下，张开眼睛。她现在坐着，两条手臂向前伸。

"是的。"我说。

"还有呢？你觉得我如何？"

"我觉得你很好看。"

"很漂亮？"

"你很瘦，我很胖。"我说。

小妞点点头。我长得好看不好看，她根本不在乎。我好想哭，但是我没哭，我的手帕早被小妞的泪水弄湿了，再说我现在肚子饿了。

我和妈妈吃饭的时候，小妞总是坐在旁边。小妞不吃东西，她只喝饮料，这样她才能流眼泪和尿尿。如果她喝的是可乐，流的泪、尿的尿就是可乐。我试过要喂她吃东西，有一次是麦片粥，一次是奶酪，一次是巧克力，但是每一次我都只能塞满她的嘴，她不咬也不吞，她根本不知道怎么吃东西。每一次我做给她看，她就鼓着嘴开始流眼泪。她那口洁白的牙齿就只是为了好看和用来发"思"的音，我的名字里就有这个音，我的名字叫苏珊。

每个星期六，爸爸会来接我们出去玩，去游泳或是去看电影。小妞几乎每次都会跟去。她不游泳，她只躺在池边晒太阳。我喜欢游泳，所以通常只能看到我的头露在水面上。头是我身上最出色的地方，或者说，曾经是最出色的地方。现在我身上最出色的地方也许不同了。

小妞去哪儿都不用买门票，我们只要让卖票的人知道她只是一个洋娃娃。这通常得花点时间。

"洋娃娃？"电影院的售票小姐不相信地问，"一个会说话、会笑的洋娃娃？"

"什么？她说话了？"我大叫。

爸爸也大叫："什么？她笑了？"

小妞摇头，好像是在说：没有！真的，我什么也没说。

"你可以捏捏她的手臂看看。"爸爸对售票小姐说。

售票小姐不愿意这么做。

"试试看!"爸爸说。他把小妞推到售票的玻璃窗前,售票小姐只要从窗口的洞伸出手臂就可以碰到小妞,她捏了一下小妞的手臂,小妞没有出半点声音,她还是面带微笑。售票小姐什么话也没说,给了我们两张票。

小妞和我坐在同一张椅子上,我已经习惯这样了。那一天上演的片子是《白雪公主》。她像平常一样,眼睛一眨也不眨地瞪着银幕。我看着她又白又漂亮的脸蛋,她似乎有什么心事,然后她却突然拍起手来。那时全场正鸦雀无声,所有观众都在紧张地看着白雪公主会不会给心坏的后母开门,大家都期待着白雪公主这一次千万不要开门。洋娃娃的鼓掌当然不是真正的鼓掌,可还是吵到了别人。对她来说小矮人和王子并没有什么差别,至少在我看来是这样。从电影院出来之后,她说:"白雪公主实在是应该和小矮人在一起。"

我问:"为什么?"

她的问答是:"他们人比较多。"

听起来有点蠢,事实上未必。爸爸甚至认为小妞很聪明,只是和我们的思维方式不太一样。

有一些东西她怎么也学不会。她想学白雪公主,她试着一边说话一边笑,同时连续眨眼睛,但是不管怎么试,她的上半身总是会跟着晃动。小妞试着不晃动,因为白雪公主也没有晃动呀。除此之外,她想把她的金发染成黑色,就像乌木一般的黑,可是她同时连整张脸也染了,就这样她变得比以前更漂亮,就像白雪公主的黑姐妹,但是她想像白雪公主本人一样,像雪一样白,我和妈妈只好帮她洗澡。之后她又变白了,但看起来有一点磨损,还有一点疲倦。啊!她叹了一口气。

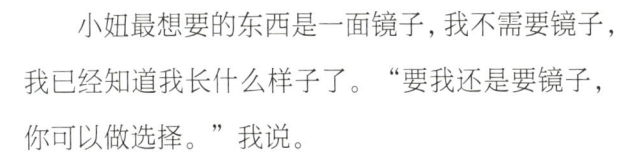

小妞最想要的东西是一面镜子,我不需要镜子,我已经知道我长什么样子了。"要我还是要镜子,你可以做选择。"我说。

小妞回答:"镜子。" 她开始哭, 一直到她的泪水流光,这时她才真的大哭,她没有泪水的哭

比她有泪水的哭要伤心多了。

我也哭了，但是我不让步，我安慰她："如果你想知道你长什么样子，我可以告诉你呀！"

小妞停止哭："好吧，那你现在就告诉我！"她命令我。

"你和往常一样漂亮。"

"发誓！"

"我发誓。"

从此之后，她每天要问四次："像往常一样漂亮？"然后我回答："是的。"——早上一次，中午一次，傍晚一次，她要睡着之前再一次，或是我睡着之前。我也没办法确定她闭着眼睛躺在床上时，到底在做什么。

因为她长得一直就是那个样子，我可以每次用同样的话回答。

她问："我的头发看起来怎么样？"

我回答："妩媚动人极了。"

她问："我的嘴唇看起来怎么样？"

我回答："鲜红圆润。"

她问："那我的肚子和腿呢？"

我回答:"很美丽、很苗条。"

她相信我的话。

至于我,一点也谈不上美丽。对我来说,所有东西都太窄了,不只牛仔裤,就连我的房间、我们家、整个世界也是这样。我有一个根本不合我意的尺寸。

小妞站在窗旁一动也不动。

我问她:"你喜欢我吗?"

她没有回答。

"但是我喜欢你。"我抚摸她的头发,发现她的头上有一块地方是秃的。

"我们是好朋友。"我说。

小妞看着我,有一只苍蝇在她美丽的脸上爬过。

我说:"如果我不吃东西也会像你一样瘦。"

"那你为什么要吃东西?"

"不吃东西我就会死掉。"

"你不想死?"

"不想,现在还不想。"

"为什么?"

"因为我比较喜欢活着。"

"你死过吗?"

"没有,那还用说。"

我说:"人只能死一次啊!"

她问:"活着,也只有一次吗?"

"没错。"

"只有一次,实在很少。"她说。

爸爸带我们到动物园去看刚出生的红猩猩。它一边吸着妈妈的奶,一边睁着眼睛看着坐在笼子前面的小朋友。小妞很不喜欢动物,她觉得:长颈鹿的脖子太长、单峰骆驼的背太凸、长尾猴的尾巴太长。她说大部分的动物太复杂或是太古怪了,身上不是哪里太多就是哪里太少。至于猫、狗、牛,她已经习惯了。野生的动物她只喜欢鹿,她觉得其余的都是没有用的东西,只会让她紧张。植物对她而言也差不多,最好这世界上只有草,顶多再加上棕榈树。

爸爸说了一个洋娃娃的故事:在他小时候,他姐姐有一个洋娃娃。他姐姐不准他碰那个洋娃娃,当然他偏要碰那个洋娃娃，他姐姐就揍了他一顿。为了报复，他把那个洋娃娃的一只眼睛戳坏了，那只眼睛就这样在洋娃娃空空的脑袋里转呀转。

小妞一句话也不说，我也是。后来，爸爸为这个故事向我们道歉，他买了一小瓶指甲油给小妞，那颜色刚好也可以用来修补她的嘴唇。

补妆这类事情她还肯让我帮她，其他的就不让了。一般人帮洋娃娃做的事她都自己来。她自己穿衣服、脱衣服，甚至一天好几次，而且她还自己上床睡觉。如果不小心尿湿了床也没有关系，因为她的尿只是水，没有味道也没有颜色。

我还有其他可以拿来玩"穿衣服脱衣服游戏"的玩偶，另外还有一些玩具动物，一个可以放进玩具推车的小孩，还有贝贝——他个子比那小孩还小，但他是一个男人。我还有一头大棕熊、一只棕色的大袋鼠、一只企鹅和一条狗。贝贝身上穿着一件运动衫和一条运动裤，或者只是披着一件真的兽皮，披着兽皮的时候他就是泰山，那个住在原始森林的人。其他的动物这时候就扮演猴子，当小妞还小的时候，有时候她就是珍妮，而且常常被泰山救。那头大棕熊就是想要吃她或抱她的大猩猩。

有时候我也会被泰山救,通常是这样开始的:大猩猩突然出现在我面前,它伸出毛茸茸的手要抓我,我吓坏了,我大叫,然后昏倒在地毯上。

大猩猩弯下腰来,这时我已经不省人事,泰山及时出现了,于是大猩猩急忙逃走。

泰山抱起我,把我救走。对他来说我一点儿也不重,因为他爱我。

小妞似乎对其他玩偶一点儿也不感兴趣,但是如果我和其他玩偶玩,她会看着我们,直到我把它们放回去睡觉。

有一天晚上我听到她的声音,我想她是在说梦话，她很清楚地说:"纽约。"

"你在做梦吗?"我问。

"没有。"

小妞也许根本不会做梦,或者梦到的和我完全不一样,譬如说,坐飞机去纽约。我从来没有梦过坐飞机去纽约,在梦里我不是坐汽车、火车就是骑自行车,而且最远也只到罗马。

"你为什么说纽约?"我问。

她没有回答我。有时候她根本就不理会我的话,她一直都是这个样子,在那次意外事件发生之前就是这个样子了。

我把灯打开,看见小妞坐在她的枕头旁边,而在枕头上躺着贝贝,他只穿着一条运动裤,所以说,我睡着的时候小妞都在和贝贝玩。

她每天夜里都和贝贝玩。有一次我听到她很凶地说:"如果你不闭上你的大嘴,我就告诉亲爱的上帝或亲爱的苏珊!"

我猜贝贝听她的话了,因为小妞没有再说话。

那次意外是怎么发生的,我们到现在还是不能理解。我们到游泳池去游泳,小妞穿着两截式的红色泳装，就像平常一样躺在池边晒太阳。事实上那天的天气有点儿阴。我和爸爸下水去游泳，当我们从水里上来的时候，发现池边只剩下毛巾。我们大叫："小妞！"然后我们看见她在水里，背部朝下轻轻漂在水面上，就像一根木棍。

我察觉到不对劲：小妞张着大眼睛瞪着天空，我们马上把她拖上岸让她趴在地上，好让水从她的嘴里流出来。

过了一会儿，她说了一声："啊！"后来又说了一声："啊！"这是我们听到她说的最后一个字。

当我们替她翻身要让她躺着的时候，她终于闭上眼睛。我心里想：一切都会没事的。也许当时是没事了，现在真的也没事了，谁知道。

妈妈认为那是爸爸的错，因为他太粗心了，他应该看好小妞的。为了安慰我，她对我说小妞生病了，所以她才不想说话。还有小妞又缩小了一大段，也可能是因为生病的关系。

我觉得胸中有一块石头，而且感觉到像石头一样硬的疼，我一点也吃不下东西。

医生来给小妞看病，她直挺挺地躺在床上闭着眼睛，什么话也不说。医生先检查她的嘴巴，然后检查她的一只眼睛，再检查另外一只眼睛。

他用听诊器听她的胸部、背部，还有肚子。他摇摇她的头，然后摇摇自己的头。"什么也没有，"他说，"我什么也没听到。"他把听诊器放回手提箱，然后关上手提箱。

"她的身体里一点儿声音也没有。"他说。

妈妈问："这代表什么意思？"

"没什么让人担心的。"

"真没有什么可以让人担心的？"

"我必须承认我对洋娃娃所知不多。打电话给兽医吧！"他说。他是说笑的，但是也许兽医帮得上忙。

"小妞不是动物。"妈妈严肃地说。她坐在床边握着小妞的手,轻轻地说:"我的小甜甜。"

"她原本就是一个天使。"我说。而且我在心里想,天使的身体里也许就是寂静无声的。

小妞一天一天缩小。

爸爸每天打电话问小妞的状况。如果是妈妈接电话,她总是简单地说一句:"嗨。"到了第三次、第四次,我听到她说:"谢谢,还好。你呢?"

接下来的那个星期六爸爸来看我们,当他看到小妞缩小变僵的样子,吓了一大跳。

妈妈洗了头,打扮得比平常漂亮一点点,还对爸爸详细说了小妞的状况。其实这些爸爸都听我说过了,但是他喜欢听妈妈再讲一遍甚至两遍。她也说到我,她说:"苏珊吃得太少,简直就像只小鸟。"

爸爸妈妈再一次相爱了,他们自己也许还没察觉到。爸爸要走的时候问我:"你要不要去看电影?现在电影院正在上演《彼得·潘》。"我对于去看电影没有兴趣,更不要说是看儿童片了。

我没有办法为小妞做任何事,没有人可以为她做什么。我从我的存钱罐里拿了钱,给小妞买了一面镜子,这是她一直想要的东西。我让她坐在镜子前面,她就这样两只手臂向前伸,睁着蓝色的大眼睛坐在镜子前面。

我已经不再那么悲伤,但我还是会哭。

小妞现在不会哭了,只会尿尿。

她身体里的水不知道该往哪里流。从这时开始,我又得帮她穿衣服脱衣服了,她也不会自己上床睡觉。现在她睡的床是以前和其他东西一起买下的那张小床,她又回到原来的大小了。这虽然让人难过,不过也好,有些东西又恢复原来的秩序,也许是所有的东西都恢复原来的秩序了,只是她的一只眼睛仍然偶尔会卡住。小妞又可以坐在她自己的那张沙发上了。不久前爸爸买给她的网球装也能穿上了。

我不知道这些礼物对小妞是不是还有意义,她究竟还活着吗?有一次她摇头。我问她要不要可乐。"好吧。"我说。然而她还是继续摇头。我大叫:"好了！"她还是这样摇了超过15分钟,然后她就停了,而且从此再也不摇了。有时候我会想,也许她还听得见我说话,所以我每天唱四次:

你头发看起来怎么样?
妩媚动人极了。
你的嘴唇看起来怎么样?
鲜红圆润。
那个肚子和腿呢?
美丽、苗条。

我自己的肚子和腿变瘦了,虽然没有像小妞那样瘦,但也算是够苗条了,也很漂亮。

爸爸认为小妞已经不再活着,她已经不再尿尿了。妈妈认为她还活着。我不知道我该怎么认为,小妞也许从来没有活过。但是不管怎么样,我不会抛弃她。夜里她再也不必自己一个人睡了,贝贝会陪伴她。她的床要睡两个人是窄了点,但是我想她喜欢这样的亲密。早上我帮她穿上妈妈送给她的浴袍,晚一点我会帮她换上裙子和衬衫,然后是裤子和毛衣，再后来是两件式的红色泳装或是新的网球装。到了晚上，我先替她穿上晚礼服，她会穿着晚礼服坐在沙发上待一会儿。上床前我再给她穿上睡衣，然后帮她梳头发，用一撮头发把后脑勺那块秃的地方盖住。那一撮头发一天一天变少，那块秃的地方一天一天扩大。

头发看起来怎么样？

后脑勺稀疏。

我自己的头发不怎么特别，但是天天在长。

今天我和我的新朋友安娜一起在小妞的镜子前面涂口红、画眼影，很好玩而且很好看，甚至是太棒了。

你什么时候把其他会说话、但是从来都不开口的洋娃娃的故事说给我听？

我才不说。

悲伤的小孩

从前有一个悲伤的小孩,他整天哭,甚至连睡觉也哭。所有的东西都被他的泪水浸湿了,枕头、运动衫、桌子、学校的作业本、课本,等等,所有的东西。

发生了什么事?是他的天竺鼠死掉了吗?

不是。

他的猫死了?

不是。

那就是他的狗死了?

他只养了一条金鱼。

金鱼还活着?

是的。

那可能是那小孩想养其他的动物,譬如说,一只公鸡，但是他爸妈不准。

不是，他什么都不要。

也许是他爸妈不够爱他？

喔，他们非常爱他。

那可能是在学校里发生了什么事？

什么事也没有。

和朋友吵架了？

也没有。

天啊，那小孩自己总知道吧？

他也不知道。如果有人问他，他只会啜泣着大声说："我天生就这么悲伤嘛！"然后继续哭。

我们总这样看着他的泪水掉进汤里。

那他是怎么停止哭泣的？

什么？

他是怎么不哭的？

他从来就没有停过。从来就没有。

苹果人

从前有一个女人,她有一棵苹果树,树上结满了苹果,有绿色有黄色,不管是绿色的还是黄色的都有很多汁。苹果人就住在那些黄色的苹果里。有一次那女人咬了一口这样的黄苹果,她感觉很奇怪,好像有什么东西在舌头上,于是她吐了出来。那东西,一个像人样的东西掉到地毯上,女人弯下腰想看清楚是什么东西:一个像人的东西,身上穿着牛仔裤还有毛衣,没错,是个小人,大概就像一般水果里的果虫那么小、那么白。对于虫,女人已经司空见惯,但是她从来也没见过苹果人。"这太离谱了!"她说。

苹果人很快躲到柜子底下去了。

"这太离谱了!"女人重复说了好几次。她说得很大声,即使在柜子底下也可以听得一清二楚。

"如果连苹果里也住人,那怎么得了,那么梨子也可以在夜里像电灯一样发亮啦?什么怪事都可能发生,那么人还能相信什么?"

苹果人的耳朵很灵光,他听懂了女人所说的每一个字。他突然领悟了一件事:这世界上根本不可能有我们存在。他把他的想法告诉其他苹果人,在大会上,他大声疾呼:如果有我们存在,这世界就大乱了。只要这世界还正常,就没有我们的存在。

苹果人继续像往常一样生活着,但是又有一点点不一样。因为他们当自己根本不存在,他们住在苹果里,就当自己根本不住在里面。他们吃苹果和苹果泥,就当自己根本不是吃苹果和苹果泥。他们活得甚至比以前更好，他们不必再害怕小鸟，因为连小鸟也听说，这世界上根本没有苹果人这种东西。不存在的东西当然也不能吃。

没有巫婆

在这个故事里没有巫婆,因为现在已经没有巫婆了。如果真要有一个,那就叫伊尔玛,她恶毒得不能再恶毒。如果是这样,有两个女孩也要出现,她们俩从头顶到脚指头都善良得不能再善良了,两个女孩都有一头金发,一双美丽湛蓝的眼睛,而且两个都叫格瑞丝。她们两个加在一起就比巫婆强一倍,聪明一倍。

"两个对一个,这样不公平。"其中一个格瑞丝可能会对另一个格瑞丝这样说,"我独自对付老巫婆就行了。"

另外一个格瑞丝可能就不高兴了。

故事可能这样继续发展下去。

这两个格瑞丝和巫婆都没有出现在故事里。

这个故事空旷得就像一个在夏天清晨六点宁静的湖。为了让故事宁静空旷,很多东西都不能出现,不只是巫婆,不只是格瑞丝和格瑞丝,其他所有的女人、所有的女孩、所有的小船、船长、所有其他的男人都不能出现。唯一可以出现的只有:湖、夏天、清晨,还有六点。

雷斯和女巨人

从前有一个女巨人。

她有一棵白杨树那么高。

那是很久以前的事了吧?

是的,很久以前的事了。"很久"这两个字太短,根本没办法拿来衡量这段时间。

是的。直到今天人们还知道她。

从哪里知道的?

从一个故事里。有个人说他认识的一个人亲眼看见过女巨人。

女巨人没把他吃掉?我是说那个说故事的认识的那个人。

没有,应该是没有,要是他被吃掉了,今天我们也不会知道女巨人的故事。

也许她刚好闭上眼睛,或者是睡着了。

对,没错,她睡着了。

一个正在睡觉的女巨人,她直挺挺地躺在黑莓树的树荫下,就像一棵被锯倒的白杨树。一个疲惫不堪正在打呼噜的庞然大物,一大群麻雀在她的金发里跳跃。

她叫什么名字?

啊,她没有名字。她什么也没有,没有衣服,没有鞋子,没有朋友。她只有一身的力气和一根她偶尔拿来打猎用的棍子,还有她的心思。

什么样的心思?

这个我也想知道,但是人们只听得到从女巨人脑袋里发出来的隆隆声,偶尔也会有嘎嘎声。

那个人就只听到这些隆隆声或嘎嘎声？

最先，他听到的是像呻吟一样的声音，因为他听到的是她的梦。他不知道这些呻吟是从哪里发出来的，是从女巨人的头？或是从她的肚子？或者可能是从全身，包括脚趾发出来的。

然后她醒来了？

还没有。一直到太阳照在她的脸上，也就是说到了傍晚。原本照在她身上的阴影已经移到了她身旁的紫黑浆果树叶里了，她才醒来。她看看四周，她对那人挥挥手，她以为那人是她梦里的人。她大喊，她已经醒了，他可以走了。

所以说她没有吃掉他？

没有，从来也没有。刚开始她让他活着，因为梦里的东西是不能吃的。后来她爱上他了。她问："你也爱我吗？"他回答："那还用问吗？"其他的答案可能就太危险了。但是，他也是真的爱上她了。她身上散发着野性的香味。

她住在哪里？

说到女巨人，人们会想象她住在森林里，是吧？但是在森林里，只要她站起来或是走路，树冠总是

摩擦她的头。所以她选择住在峭壁间，夕阳照在岩壁上的颜色就像她的皮肤那样红。

如果两人相爱，他们就会想办法留在彼此身边，女巨人和她的男朋友雷斯也不例外。但是他没办法拥抱女巨人整个人，顶多只能抱住她的一条腿，而且每次只要他在她肚子上休息，就会被她的呼吸摇得头晕。他们从来没有在同一张床上睡过。

第一，她没有床。第二，晚上在她身边睡觉太危险了。

那他们睡哪里？

睡在洞里，在干草堆上。

在洞里，雷斯有一个自己的小窝。

这样的爱情未免也太麻烦了！

至少女巨人现在有一个人可以做伴，可以同她说话，替她赶走头发里的麻雀。"帮我梳头，然后吻我。"她说。雷斯果真帮她梳头，然后吻她。他每天帮她编一条辫子，一百天他编了一百条辫子。当他把所有的辫子编好之后，他们一起走出去，虽然不是肩并肩、手牵手，但是真的是在一起了。

村子里正好举行一年一度的市集和舞蹈节。没有人做伴,女巨人从来就没有勇气走进人群。她粗野的心正在狂跳,到处站满了人,就像田野上的黑麦秆一样密密麻麻。雷斯走在前面,只要她停下来,雷斯就会对她招手。人们让开路,音乐突然中断,就好像插头突然被拔掉一样。现在雷斯就站在广场的中央,女巨人在他身边。"音乐!"他命令。音乐再度响起,女巨人抬起了她的脚。她高兴地大声欢呼。

在回家的路上,他们开始吵架。

吵架?吵什么?

吵这个吵那个,先是为了这件事,然后又是那件事。他大声吼不是,她偏说是。他继续说不是,她坚持说是。不是,是,不是,是,不是,是。傻瓜,笨蛋,再一次傻瓜笨蛋。然后两个人再也不说话了,女巨人的脑袋里隆隆地响个不停。她在洞里摔了一跤,跌坐在她的草堆上,隆隆声和嘎嘎声突然停止。

第二天早上,女巨人觉得受够她的男朋友了。

他还在睡觉——缩着腿，双手握拳挡着脸。当他醒来的时候，她对他说，他们之间的爱情已经过去。他回答，他对她的爱始终没有改变，而且更深。因为雷斯找到一个不会多愁善感而且全身散发着野性香味的女人，他不愿失去她。但是当她威胁说：我要吃了你！他就走了。

走掉的人就是走掉了。雷斯不在，刚开始女巨人还有些不习惯。她没有袜子，没有鞋子，没有名字，但是现在整个山洞又归她一个人了，而且她的心思就像巧克力纸那样沙沙作响。她想念雷斯，她梦见雷斯。

"帮我梳头，吻我。"她低声说着梦话。

什么？那人根本不可能知道这些事。你怎么可能知道？

没错，我就是知道。

从哪儿知道的？

所有的女巨人都做这样的梦，只要她们的男朋友离开她们。她们梦见他们一天比一天高，一天比一天壮。她梦见，雷斯现在站着已经到她的胸部、到她的辫子。

他呢？他难道不写信？

是的，他每天写，但是他找不到愿意替他送信的人。而且她也看不懂。

我不知道

从前在一个城市里住着一个男孩,他什么都不知道。他不知道胡椒是辣的,水是液体的;不知道草是绿的,玻璃是易碎的;不知道一月的时候很冷,七月的时候有大雷雨;不知道木材是从树上砍下来的,牛奶是从母牛身上挤出来的;不知道两辆汽车加两辆汽车等于四辆汽车,两个核桃加两个核桃等于一把核桃。

"你要不要一块蛋糕?"他妈妈问。
"我不知道。"
"法国首都在哪里?"老师问。
"我不知道。"
"怎么走可以到火车站?"路人问。

"我不知道。"

"你真的爱我吗？"他的女朋友问。

"我不知道。"

"你到底知道什么？"

"那个……"已经是个年轻人的男孩想，"我到底知道什么？我到底知道什么？"

"什么也不知道。"他的女朋友说。

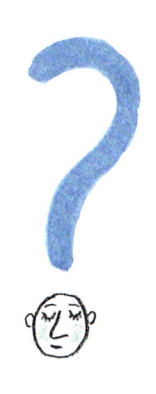

那个男孩至少身体很强壮，心地很善良？他的笨脑袋上有头漂亮的卷发？他会唱歌？他喜欢笑？

我不知道。

吉吉，更敖[1]

"每次听到我来，你就只会把你的长脸转向我，连带转动你的眼睛，但是你什么话也不说。"三年来，每天早上男孩都这样跟他的马打招呼。

到了第四年，马突然开口："那你要偶舒什摸？"马用它的长嘴说起话来有些怪腔怪调的。

男孩建议："譬如说，'早安'。"

"这样舒会比不舒好吗？"

"好很多。"

"朝安。"马说。

"早安，"男孩说，"你好吗？"

---

[1] 此文中，"吉吉，更敖"是"谢谢，很好"的谐音。因为说话者为一匹马，它吐字不清。下文中，皆如此。——编者注

"你敖吗?"

"谢谢,很好。"

"吉吉,更敖。"

"你真的很好,还是只是说说而已?"

"这果偶怎摸会租到?"

"你总感觉得到吧!"

"偶的赶集?"

"身体舒不舒服?"

"偶的赶贼,是的。"

"怎么样?"

"吉吉,更敖。"

这一天他们没有再说话,他们沿着河奔跑着。

第二天早上,马先打招呼:"朝安!"

"早安!"男孩回答。

"你敖吗?"

"谢谢,很好。你呢?"

"吉吉,不怎摸敖。"

"你怎么了?"

"舒话对偶敌在太蓝了,偶的头混昏。"

"慢慢你就会习惯了。"

没错,马慢慢习惯了。

它会告诉男孩它的感觉,它的身体状况和精神状况。它开始想一些事情,想美好的早晨,糟糕的早晨,还有两者的差别。所有在它长长的脑袋里转过的东西,也会从它的长嘴里说出来。男孩会专心听它说,他喜欢马那慢吞吞的怪腔调。有时候他会问自己,他这个圆圆的人脑是不是真的能完全了解马说的话。他有时候也会问马问题。

"这果偶怎摸会租到。"马说。

"你总感觉得到吧。"

接下来,马三天没有说话。然后它说:"吉吉,更敖。"

一头猪和一张纸

一张纸坐在酒店里,一头猪进来和它坐在同一桌。猪要了一杯葡萄酒,纸要了一杯啤酒。

"今天可真闷热。"猪喘着气说。
"你这么觉得吗?"纸问。
猪弯腰对纸说:"你不觉得吗?"
"正好相反。"纸说。纸觉得很冷,它甚至起了鸡皮疙瘩。

这么单薄的家伙,猪心里想。然后猪用它那对敏锐的蓝眼睛打量纸,那不是一张白纸,而是两面都写满东西的纸。猪叹了一口气说:"可惜,我不识字看不懂,我真想知道你上面写了什么?"

纸敷衍说:"没什么特别的。"

"也就是说很平常的事。"猪说。

"是的。"

"就是一些日常生活？"

纸没有回答。"我现在得走了。"它说。

"什么样的日常生活？"猪问。它的声音变得很大："是我们的故事吗？"

"是的。"纸回答。它一边四处张望，要找店里的女侍者。

"念一个句子来听听吧！"猪请求。接着它威胁道："只要一个句子就好，否则我不让你走。"

纸只好让步。它大声念："猪要了一杯葡萄酒。"

"什么？"猪很疑惑。

纸又重复了一遍："猪要了一杯葡萄酒。"

"但是，这就是我做的事。没错，上面真的这样写？"

"是的。"

"接下来呢？'纸叫了一杯啤酒'也写在上面吗？"

"没错，也在上面。"猪把它的鼻子紧紧贴近纸。

纸大声叫女侍者过来。

"继续念！"猪命令。

纸乖乖听话。它继续念："今天可真闷热，猪喘着气说。"

"没错，就是这样。继续念！"

纸就这样一个句子一个句子往下念，只要它听到继续的命令。

猪喝多了而且很兴奋。

"继续念！继续念！"它大声吼，"猪现在是不是很生气？我要知道。"

纸没有回答。

"猪是不是抓起纸一口塞进嘴里？快点念！"

纸什么也不说。

事到如今：一、二、三、四，猪一把抓起纸，一口塞进嘴里。

猪真的很想知道，把纸抓起来塞进嘴里是不是也在故事里。它可以清楚地感觉故事就在肚子里，但是它没有办法得到它想知道的答案。

这时女侍者过来，猪付了酒钱。

"纸到哪里去了？"女侍者问。

猪只好也付了啤酒钱。

一只鹿在桌子的对面坐了下来，鹿要了一杯茶。

酸模和母牛

母牛和酸模是好朋友。酸模有绿油油的叶子,它太喜欢母牛了,所以只愿意被母牛吃。母牛也很喜欢它,以至于对吃其他的草没了兴趣。为了不让其他的牛靠近,母牛夜以继日守护着酸模。这样亲密的友谊虽然美好,但毕竟太困难。母牛一天天地瘦下去,不久就挤不出牛奶了。它该怎么办?它吃一点酸模,即使只是一小片叶子,都觉得是对酸模的背叛。如果它吃了酸模,它就得失去它。酸模越来越高越来越肥美,母牛越来越瘦越来越丑。母牛相信,酸模早就不喜欢它了。日子不能这样下去,总应该发生点什么。

发生了什么?

母牛越来越瘦,越来越丑。酸模越来越壮,越来越多汁。事情就是这样。

然后呢。

然后母牛继续瘦下去，到最后只剩下皮包骨。酸模继续长高长壮，全身油亮。

然后呢？故事怎么发展下去？

没有然后。故事结束了，母牛终于吃了酸模。茎很老，味道很苦。

全有和全无

人家如果给他一根小指头,他要一整只手;人家如果给他一只手,他连手臂也要;人家如果给他一只手臂,另外那只手臂他也要。要是人家有第三只手臂,他铁定也会要。人家如果给他一根脚指头,他要一整只脚;人家如果给他脚,他连腿也要;人家如果给他一条腿,另外那条腿他也要,甚至连肚子、头,还有其他的部分他都要。

但是他仍然不满意,他叹气:这一切对我来说实在太多太多了。他抱怨:一根小指头或是一根脚指头对我来说就已经太多了。然后他什么也不要。人家只好呆站在那里,也不知道该怎么办好。

熊 年

冬眠就像冬天一样长,而冬天的漫长就像没有尽头。从十一月开始我就没有再见到小熊,有时我会问自己我为什么要醒着,但是有时候我也不这么问,譬如,在圣诞节的时候。

三月初,天气开始暖和的第一天,我走到山上的小熊家敲门,没有人来开门,只听到里边传出粗重的呼吸声和低吟。小熊一家人一点也不急着醒来。

两天之后我第二次来敲门,在门外就已经闻到咖啡香。小熊来开门。小熊不冬眠的时候都和我一起去上学。"请进!"然后他指着他的家人对我说,"这是我的奶奶,这是我的妈妈,这是我的爸爸。"

小熊一家人正在吃早餐,他们对我吼叫着说:

"早安!"过了一个冬天他们似乎忘了他们以前就认识我了。

"那我呢?"熊妹妹问。她正躺在桌子底下,从这一只桌脚边滚到另一只桌脚边。

"这是我妹妹。"小熊说。

这是我们吃早餐用的桌子。"熊奶奶大声说。

"很高兴见到你们。"我说。

"我们也很高兴见到你。"熊妈妈回答。

小熊替我搬来一把椅子,拿了一个盘子给我,我坐下来和他们一起吃早餐。我像小熊一家人一样大声咂着嘴吃东西,现在我的嘴巴里塞满了东西,我问他们冬天过得如何。

"一片漆黑!"熊妈妈吼叫着说。

"因为我们一直都闭着眼睛呀。"小熊接着说。他的鼻子还在盘子里,他瞥眼看我。

"这是什么意思?"熊妈妈问。

"我的意思是说,不是冬天黑暗而是睡眠。"小熊解释。

从桌子底下传来熊妹妹的声音:"冬眠,冬眠,冬眠。"她重复练习说了好几遍。

熊奶奶抬高她的黑鼻子唱起歌来：

冬天的绵羊，

冬天的绵羊，

就在对面的山楂林里

咩咩叫……

熊妈妈转过头来问我："学校里还好吗？"

"和平常一样。"我回答。

熊爸爸虽然没上过学，但是他知道得很清楚："就是老师先说，然后问学生他刚才说了什么，学生必须把老师说过的再说一遍给他听。"

小熊和我听了大笑。

我带着在学校学习用的东西：课本、笔记本，还有装在袋子里的练习题。这样我就可以给小熊看我们在冬天里都学了什么。不是很多。算术表，还有一些困难的生字，譬如说，雄和熊的差别，然后还有关于雪的故事以及动物怎么过冬。

小熊很好奇,想马上什么都知道,因此在"候鸟"那张习题纸上印了一个大鼻印。

"我梦见了雪。"他说。

"什么?"熊奶奶问。

"我梦见雪覆盖了大地。"

熊奶奶大喊:"没错,没错,雪就像一件白色的毛皮大衣。"

我从文件夹里抽出一张纸,我大声念:"熊是欧洲最大的肉食动物,体重大约一百五十到二百五十千克,特别大的甚至可达三百五十千克。成年的棕熊身高可达两米以上。在冬眠期间它的体温会降低,心跳会变慢。"

"很好,很好!"熊爸爸咆哮着说。

熊妈妈轻轻点头。

小熊遗憾地说:"我又因为冬眠错过了这些。"

"棕熊是欧洲最大的肉食动物。"熊爸爸重复说。

我继续念:"熊走路的方式就像骆驼,摇摆的侧对步。"

熊妈妈嗤鼻,拿骆驼做比较似乎让她不太高兴。

熊爸爸开始在洞里走来走去,小熊跟在他后面。他们试着走侧对步,两脚左,两脚右。但是不知怎么搞的就是碍脚,最后为了重新找回重心,他们一屁股跌坐在地上。这时,他们看着熊妹妹踩着优美圆滑的侧对步迎面走来。

"那我呢?"她问。

我再到小熊家,是在放暑假前的一个星期日,他们一家人都在外面。"你们好。"我跟他们打招呼。

"我们很高兴见到你,年轻人。"熊妈妈微笑着,对我说。

熊奶奶唱着歌:

一个年轻人,一只小动物,
奔跑穿过清晨来到这里。
一个东奔,一个西跑,
一个手里拿一把枪,
一个原来是小熊。

熊妈妈跟着轻声低吟，然后突然问我："我们见过面吗？你身上的味道闻起来像小熊的一个同学。我告诉你，他可真是个聪明的小男孩。"

"他就是那个男孩。"小熊有点不高兴地说。

熊妈妈看着我说："我就说嘛。"

我给熊妹妹带了一个礼物：一个穿着一条红裙子、一双黑鞋子的洋娃娃。我心里想，熊妹妹大概会喜欢洋娃娃，就好像我喜欢泰迪熊一样。

她是不是喜欢那个洋娃娃，我到今天还是不清楚。她伸出她的熊掌抱住洋娃娃，她闻了闻洋娃娃，然后抱着它走开。过了一会儿她又回来，但是洋娃娃不见了。

"她大概是挖个洞把那东西藏起来了。"熊爸爸说。

我们坐在山丘上有阴影的地方。我们看着远方。在高高的天上有一朵云，云慢慢地在蓝色的天空中变薄变稀，仿佛溶解在水里。在远远的山下有一排

行进的汽车,车窗闪着白花花的光。

"有没有什么新鲜事?"我随便问问,因为我实在不知道要说什么好。

熊爸爸伸出熊掌指着天空说:"譬如说,太阳就是了。"

"太阳?"我不解地问。

小熊不以为然地说:"昨天、大前天都出太阳,只要天气好都会出太阳。"

"是啊,那又怎么样?"熊妈妈嘟哝地说。

"常发生的事就不能算新鲜的事,"小熊说,"太阳不是什么新的事物,因为几千几万年来它就一直在那儿了。它是最古老的事物之一,这是理所当然的。"

熊爸爸点头,熊妈妈没有反应。

"这些都是你在学校学的?"她问。

熊奶奶唱着:

新的旧的,
冷的热的,
白的黑的,

蜂蜜和树脂。

熊爸爸沉思了一会儿。

他说:"只要东西看起来很新,我们也说它是新的。太阳今天看起来还是像新的,小熊,你的朋友也像新的。"

"太阳今天比平常还新。"熊妈妈大声说。

熊妹妹用脚趾夹着洋娃娃走来走去,最后她把洋娃娃放在稻草堆上。"那我呢?"她问。

"你也是。"熊妈妈说。然后转头对我们说:"你们不认为她也很新吗?"

熊妹妹坐在洋娃娃旁边,但是瞧也不瞧它一眼。也许是怕洋娃娃,也许是在生洋娃娃的气。

突然她还是转过头问它:"为什么你什么话都不说?"然后马上又用很尖的声音替洋娃娃回答:"因为我还小。"最后她用自己的声音结束对话:"喔,原来是这样。"

我替小熊一家人照了一张全家福。

我最后一次去找小熊是秋天,从那时候起我就没有再见到小熊一家人了。

我们坐在洞口,枯叶在我们面前飞舞。"我梦见了雪。"小熊说。

"什么?"熊奶奶问。

"只是梦见雪不断地落下,其他我记不起来了。"

"这就是重点了。"熊奶奶咆哮着说。

熊爸爸说:"还有,雪是白的,这也很重要,白的。"他一边打着哈欠。

"雪白,因为冬天是黑暗的。"熊妈妈肯定地说。

"那我呢?"熊妹妹问。

"你不是。"小熊回答。

熊妹妹用后腿站起来。

"你是棕色的。"熊爸爸安慰她说。

熊妹妹其实已经不再那么小了。她气呼呼地说:"我才不要是棕色的。"

"我们都是棕色的。"熊妈妈说。而熊奶奶也说:"绵羊才是白的。"她又唱起歌来:

冬天的绵羊,

冬天的绵羊，
就在对面的山楂林里咩咩叫；
夏天的绵羊，夏天的绵羊，
也在咩咩叫，
但是是在我的肚子里。

熊奶奶哑着油腻的嘴低吟着，因为她正啃着一大块肥肉。熊妹妹和她的洋娃娃就坐在旁边。洋娃娃身上的裙子不见了，鞋子也掉了。现在洋娃娃的身体就像熊妹妹一样是深棕色的，它白色的眼珠还闪闪发亮。我替他们照了一张相，大家都没有说话。

"这一次冬眠我又要错过什么？"小熊问。他想着漫长的冬天，我也是。

他有些悲伤。

熊在冬眠之前疲倦时感到悲伤，人类则是在离别时感到悲伤。

"等你醒来，我会把我们学到的全部告诉你。"我说。

"也许你们会学冰层底下的鱼怎么过日子。"熊妈妈说。

熊爸爸说："或者你们会谈那些为了不想错过圣诞节、为了在冬天可以滑雪而在冬天醒着的人类。"

熊妈妈说："人类只会制造噪音，而且他们身上的味道很奇怪，他们很臭。他们骑车或者坐火车到处跑，他们以为什么事都越快越好。"

熊爸爸接着说："而且他们只用后腿走路，前腿用来摇摆，他们称为手臂。他们制造了些对他们有用的东西，而且就和这些东西生活在一起，这些东西也是家庭的一部分。"熊爸爸不停地搔痒。他继续说："人类还可以把他们的毛皮大衣脱掉，换上别的衣服。他们喜欢吃蜂蜜——就和我们一样。他们喜欢吃沙拉——也和我们一样。只是我们喜欢连蜗牛一起吃。"

安静了一会儿。熊妈妈继续说:"人类还喜欢管闲事,手虽然短,但是没事总要插一手。"

小熊一家人已经睡了63天了,我的床边还放着一张他们全家福的照片,10只熊眼正瞪着我看——洋娃娃的眼睛我没有算进去。我的两只人眼要同时对10只熊眼,实在是有点吃力。

你知道关于睡觉的故事吗?在睡梦中,人在床上就像坐船在夜里航行。

我不知道。

但是我知道。

说来听听吧!这故事没办法说,谁要一说,马上就会睡着,听的人也一样。

哞和咩

　　很多动物有特别喜爱的字眼，它们一旦学会了这些字眼，就永远也不会离口了。牛叫"哞"，它们不叫"吗"或"咪"，"毛斯"或"目斯"。它们通常会大声叫，不是轻声细语或是呢喃。所以它们的语言很好学，其他动物的语言也是一样。

　　"哞"的意思是"安静"，牛喜欢安静，所以它们才这样叫。

　　公鸡叫"喔喔喔"，意思是"现在或是永远不"。公鸡这样叫是为了激励自己。

　　激励自己做什么？激励自己有勇气去做所有的事。

　　狗叫"汪汪"，那是因为它们不会发别的音。"汪汪"是"什么"或是"发生了什么事？"的意思。

狗会一直叫,直到它得到答案为止。

青蛙也会问问题。它的叫声"呱呱"是拉丁文,意思是"哪里?哪里?"。青蛙一直在找东西,而且是从两千年前找到现在,那时候人们还说拉丁文。

猫叫"喵喵",意思是:"我也要!肉酱罐头、新鲜的鸡肝。别的猫有的我也要!"

猪只会"吭哧",因为那是它们能发出的唯一的音。"吭哧"就是"好吃好吃",没有别的意思。

马会嘶叫,它们的嘶叫声就是叹息:"多辽阔的草原啊!多狭窄的围栏啊!"

驴子叫"咿呀",这当然是"是啊"的意思,驴子最想叫的其实是"不!",因为,原则上它是反对一切的,所以说"咿呀"不是"同意",而是"反对"的意思。

羊叫"咩",这不是要更多的草或是更多的水的意思,"咩"的意思是"大海"。羊呼唤大海,它要大海来,但是海就是不来。

山雀啾啾叫,意思是"三个一起"。它到底要说什么一直还是个谜。

鸽子叫"咕噜——噜——",意思是说:"来来,都来。"这是它在呼朋引伴,要其他鸽子也一起来。

另外还有一些动物语言理解起来可就困难多了。

如果要学蚂蚁的语言,那是一种气味的语言,那你就必须在蚂蚁窝里待上一整年。谁肯这么做?

鱼的语言连鱼自己都不是很明白。它们先学会的是字和字中间的停顿,这让人非常期待它们要说出口的字。

蚯蚓的语言听起来像下雨,因为蚯蚓只在下雨的时候说话,你很难确定你听到的是雨声,还是蚯蚓在说话。

有只狗,它的名字叫天空

这只狗叫"天空"。如果有人问起这只狗的名字,那人就会这样回答。为什么它会叫这个名字,他也不知道,它一直就叫这名字。它既不是蓝色,也不宽阔,身上也没有什么和天空有关的东西,顶多就是它看起来有点像一朵云,但是也不是真的很像,只有在夕阳西下,它站在山丘上的时候看起来像。所以说那只狗看起来不像天空,倒像一朵云。老实说,它长得更像一只羊,它很肥壮,而且毛是金色的,很像一只被剪了毛的公羊。就是它的主人也和天空没什么关系,他不是飞行员,不是修屋顶的工人,也不是牧师,他是个锁匠。"羊"可能是个更合适那只狗的名字。但是要是有人这样叫它,它可能连耳朵都不动一下,更不要说其他的了,如果有人大叫"天空",它会很快掉头跑来,当然只有听到主人叫它,它才会跑来。

如果你或我,我们随便叫一个名字,"天空"也好,"羊"也好,"云"也好,它只会待在原地。所以说,那只狗叫作"天空"没什么合理的理由。但是这名字适合它,尤其是当夕阳西下它正站在山丘上的时候。

在另外一个故事里是这样的:从前,天并不叫作"天空",它只是人们头顶上的一片辽阔,它没有名字。有一只狗名叫"天空",它天天在夕阳西下的时候站在山丘上,它死了之后,人们就把它站的那个地方叫作"天空"。后来连那地方上面的一片蓝色的、黄色的、红色的、多云的或是晴朗的辽阔也叫作"天空"。所以说,"天空"事实上是一只狗的名字。

明天我要讲一个旅馆房间的故事，那旅馆位于奥地利的因斯布鲁克。不管谁踏进那个房间，都会永远消失，无论是房客还是整理房间的女服务员，在消失的那一瞬间，人们就会忘记他们的存在。那个房间的号码是九号，它是这个世界的黑洞。

乙当和丙当

这是关于乙当和丙当两兄弟的故事,兄弟两个以为,他们是这个世界上唯一、也是最早的人类。这个世界一直到尽头有的只是山、小溪、树叶、草、草蛙、苍蝇和蟋蟀。

对乙当和丙当来说,这一切都还很新奇,因为连他们自己也是新的。

"这就是世界。"乙当肯定地说。

"那还用说。"丙当说。

这里和乙当原先想象的有点不一样。没有比较漂亮,但是就是不一样。他想象的到底是什么样子,他现在也不知道了。也许东西之间的间隔会比较大。

"到处都是东西,这里拥挤得让人动弹不得。"他抱怨地说。

丙当不说话,这表示他正在思考。他指着一只粉红色的动物,那只动物正从土里钻出来,一下子拉长身体,一下子又蜷在一起。"一只虫。"他说。

"连这个也会凑热闹。"乙当叹口气说。

他感到很惊讶,他弟弟竟然知道动物的名字:"……为什么?你怎么会知道?"

"这个一看就知道了。"丙当说。而且后来当他们喘着气站在山顶上的时候,他说:"如果我们知道所有东西的名字,那日子就会轻松一半。"

在他们旁边有一株矮树,它的枝伸向四面八方。"榛树。"丙当说。

乙当看着太阳升起,这一次换他思考了。他花了很长的时间,最后他说:"Good morning!(早上好!)"

丙当问:"这是什么?"

"英文。"乙当回答。

他们走得很慢,因为他们光着脚,脚底还很不习惯。他们还光着腿,光着肚子,光着身子。乙当认为他们应该弄双鞋子和 blue jeans 来穿，他的弟弟也同意。

"Blue 就是蓝色，jeans 就是牛仔裤。"乙当说。

丙当说了一个笑话，这是他的第一个笑话："天空的颜色就是 blue 的。"丙当大笑。

乙当觉得一点也不好笑。"Yes。"乙当说，接着又补充一句，"Yes 就是'是'的意思。"

他们望着平原的辽阔说不出话，而且不知所措。

"不知道这是属于什么人的。"乙当叹气说。

"当然是我们两个的，还有别人吗？"丙当说。

乙当重复他的话："我们两个的。"从他嘴里说出来的话听起来有点不顺口。

丙当点头："我们两个的。"他的食指就这样来来回回指着他哥哥和自己。

乙当看着他的食指这么来来回回地指就说："你这个样子谁知道是你的，还是我的。"他提议平分这个世界。

这样一来就很清楚，就不会有纠纷了，他解释："每个人有他自己的土地、自己的虫、自己的榛树林，那么随便他要做什么，也不需要问另一个人了。"

丙当不能理解为什么要问另一个人，但他还是同意了。他哥哥用手在空气中画了一道线，刚好就在山和谷中间："下面这一部分是我的，上面那部分是你的。"

"或是倒过来。"丙当说。

乙当觉得山太单调、太费力、太陡峭。他说："你的体力比较好，亲爱的弟弟，你爬山就像……就像——"乙当找不到比喻。他还不知道山羊。

"像什么？"丙当问，"你可以用英语说。"

乙当叹气，他常常叹气。他们不再说什么了。

丙当拿起了一根细细的树枝在地上画了一道线，一直画到森林的深处。他走回来，然后说："右边一半是你的，左边是我的。"因为他们两个是面对面站着，所以也不清楚哪边是哪边。

"你说的左边是右边,右边是左边,这样子要我们怎么分清楚?"乙当说。

他们开始吵架,一直到丙当看见一只小动物,那只动物有一根细细的尾巴,长长的胡须。它正用四条腿越过那条线,来来回回地跑。"一只老鼠!"他大叫,"这又该属于谁?"

"会动的东西我们必须先商量决定。"乙当说,他需要一个秩序。

丙当没有听,他发现了自己的影子。他走了几步,看看影子,又很快地走了几步。他想把影子甩掉。

"乙当,我的脚上粘着一块东西。"他喘着气说。

乙当这时候才看到自己脚下也有一个黑色扁扁的东西。他做什么动作,它就跟他做什么动作:他跳,它也跳;他急转弯,它也跟着急转弯。丙当指着所有的树木、树叶说:"所有的东西都有这东西,有的在旁边,有的在前面,或者在后面。树木的、树叶的,石头的,似乎都很乖,因为它们只躺在那里。"

"这么说,你也不知道这东西叫什么?"乙

当问。

丙当摇头。

"再想想看！我们可以确定它不叫老鼠、不叫榛树叶、不叫虫。所以说，Please（请）！"

就在这个时候，他们看到一个小小的人向他们走过来，那是一个女人，她越走近变得越大。她向他们打招呼，两兄弟很惊讶，也打了招呼。他们自我介绍："我叫乙当，我叫丙当。"

"我叫夏娃。"那个女人说。

乙当心里想：她最后一定要和我们分这个世界。但是这世界已经分成两半了，不管是分上面下面，左边右边，前面还是后面，二分之一再除以三，这怎么除不尽啊！

"您身边有个漂亮的东西。"丙当对着夏娃说，非常友善但是太小声，夏娃没听清楚他说什么。

乙当替丙当再说一遍："我弟弟是说，您身边有个漂亮的东西。"同时他指着夏娃的影子。

"我也很喜欢这东西，尤其是早晨和傍晚的时候，我当然是指天气好的时候。但是在中午的时候它会变小，而且有点讨厌，我老是踩在它的上面。"

丙当小声地重复她的话:"天气好的时候。"他看看四周,但是没有发现长得像天气的东西。

倒是样样东西都很好。

乙当问夏娃:"请问,您来这里多久了?"

"这里?"夏娃说,"大约五分钟。"

"只有五分钟?"

"我哥哥的意思是'究竟'住在这地方多久了?"丙当说。

"这个你们必须问我的邻居亚当,他的记性很好。"

除以四,乙当心里想。丙当什么也没想。

"那你们呢?你们大概是从外地来的吧?"夏娃问。

"我们?"兄弟俩同时发问。

"我们一直就在这里。"丙当说。

乙当比比手画了一个大圆圈:"从四面八方到这里。"从乙当的脚边一直到遥远的山边。他不知道在山的另一边还有东西,还有一个更大的世界。

在这个故事里没有提到这两兄弟的出身。夏娃把他们当作是流浪汉,亚当好像是把他们当作国外来的客人。他请他们喝他自己酿的啤酒,他一喝酒就会大唱情歌,让夏娃在院子里也听得到。

他们没有弄到 blue jeans,但是有艾玛织的男女都可以穿的长衫。艾玛是夏娃的妹妹,艾玛有一只温驯的白色母鸡,还有一张柔软白白的床。丙当第一眼看到艾玛就喜欢上她,但是艾玛是好几眼之后才觉得他顺眼。后来他们生了很多小孩:艾尔莎、艾丽克、艾拉谷等等,还有丁、戊、已等等。

现在要除以多少了?每次有小孩诞生的时候,乙当就会问。

到这里就结束了,我们没有听到丙当说多少。

太阳、月亮、人类

很久很久以前,这世界上只有太阳、月亮和蓝色的天空。太阳、月亮就睡在这张蓝色的床上。有一天他们醒来,看看四周,但是四周实在没有多少可以看的东西,太阳用他身上的强光照着月亮,月亮用她身上的微光照着太阳。除此之外实在没有他们可以照亮的东西,他们觉得很无聊。

"我们该做些什么好?"太阳问。

"继续睡觉。"月亮建议。

太阳有一个更好的主意:"我们来创造世界!"

"怎么创造?我们又没有手。"月亮问。

"那就用脚啊!"

"我们也没有脚。"

"那就想办法。"太阳说。

最后他们还是成功了,不然怎么会有这个世界。他们创造了水、天气、山丘、树木、蔬菜、水果,还有不同的动物:两只脚的、四只脚的、六只脚的、八只脚的,等等。太阳创造向日葵,月亮创造向月葵。

他们已经累坏了,但是世界还是没有完成。

"怎么办?"月亮问。

"我们创造人类,让他们有双手双脚,这样他们就可以当我们的助手。"太阳说。

就是这样,人类开始造桥、隧道、铁路和公路。

人类盖房子、盖高塔,太阳和月亮创造家畜、猎鹰;太阳和月亮创造药草、沙,人类制作药草茶、沙漏计时器。当然他们也创造了很多没用处的东西,很多垃圾。

世界就是这样形成的。因为无聊,为了让一盏大灯和一盏小灯有东西可以照。

是谁发明了讲故事?

是月亮的奶奶。

是吗?

她有什么故事可以讲?

喔,可多了。她什么都讲:从一个盐罐,到一声叹息。她一个也不会漏掉。她讲鱼和鸟的故事、汽船和离别眼泪的故事、红格子桌布的故事、被人遗忘的东西的故事……这东西那东西的故事,还有你和我的故事。

她讲给谁听?

讲给太阳的爷爷听。但是他从来就不相信她讲的故事。